KB152021

장미도둑

장미도둑

초판 1쇄 펴낸 날 / 2014년 7월 31일

지은이 • 이동녘 | 펴낸이 • 임형욱 | 디자인 • AM | 영업 • 이다윗
펴낸곳 • 행복한책읽기 | 주소 • 서울시 종로구 창신6나길 17-4
전화 • 02-2277-9216,7 | 팩스 • 02-2277-8283 | E-mail • happysf@naver.com
CTP출력 • 동양인쇄주식회사 | 인쇄 제본 • 동양인쇄주식회사
배본처 • 뱅크북(031-977-59530)
등록 • 2001년 2월 5일 제300-2014-27호 | ISBN 978-89-89571-83-4 03810 값 • 9,000원

＊잘못된 책은 바꾸어 드립니다.
＊서면에 의한 저작권자의 허락없이는 무단전재와 복제를 금지합니다.

장미도둑

행복한책읽기

반평생 짐을 지고 비익조의 한쪽 날개로

동반자이자 삶의 친구가 되어 준

아내의 환갑에 이 시집을 바친다.

워낙 장기간에 걸쳐 쓴 작품들이고, 일관된 주제의식을 갖고 쓴 게 아니라서 나누며 엮는 데 어려움이 있었다. 전자메일 하나면 모든 것이 가능한데 일일이 종이에 찍어 우편으로 주고받는 아날로그식 삶의 방식에 다들 답답해했을 테다.

특히, 오인태 시인은 단지 무명시인의 고향후배라는 죄업(?)을 스스로 걸머진 채, 몰골사나운 원고뭉치에서 시집에 묶을 시를 고르고, 어떤 건 다듬고, 해설을 쓰는 데까지 무한 애정과 지극 정성으로 함께 해주셨다. 진심으로 감사드린다.

또 임형욱 시인은 원고를 추려가면서 띄어쓰기 하나에도 꼼꼼한 도움을 주었고 본인 출판사가 아닌 다른 유력 출판사들을 강력 추천하였으나 유독 소심하고 낯가림을 심한 체질상 애초부터 문단과 출판계의 요로를 타진할 재간도 그럴 의사도 없었다. 그냥 살아온 대로 외롭지만 나대로의 한껏 자유로운 길을 택했다.

각설하고, 다섯 번째 시집을 시집보낸다. 무상한 세월, 15세

때 집을 나와 험한 세파에 뼈를 고우며 독학으로 배운 비루한 시의 넋이 새삼 문학사에 무슨 족적을 남기랴만,

　生이여.

　詩여.

　어느덧 올해가 반평생 짐을 지고 비익조의 한쪽 날개로 동반자이자 삶의 벗이 되어 준 아내의 환갑이구나!

2014. 여름 차병원 병상에서

■차례

9

11

1부

오줌꽃

짝사랑

온산에
진달래 질러놓듯
활활
저 홀로
타고 있다

봄날,
간다

꽃 핀 자리

툭툭
불거지는 실핏줄
좍좍
터지는 낱 잎, 낱 잎
때가 차매
내 자리 흐드러지는 밤
공자孔子도 선다

경지

황금 민들레 흐벅진 들판에
알궁뎅이 까고 똥 누는데
내 안에 부처가 좌정하신다
오, 오 푸지게 피어나는
이 無我의

노을

오매
내 유채밭 속에
황금똥 뿌려놓더니
노랑나비 훨훨
환장하는 꽃무덤 넘어가네

처녀잉태

잡풀 한 올 없이

깨끗한 옥토 위에

천지를 개벽하는

씨 하나가 떨어졌으니

나무

싹순 내어 신방 차리느라
물목숨 푸르게 훔치느라
주렁주렁 달린 새끼들 출가시키느라
그동안 수고 많았다
맨살에 바람으로 매질하며
이제야 번쩍 정신을 차린다

개화開化

석탄만 알던 광부
노다지 만났으나 검지 않아서
이날, 여태
통시 발판으로 밟아 왔네
오호통재!
황금을 밟고 똥을 누다니
한치, 빗나가지 않은
갈비뼈를 밟고 살다니

불나비

네온사인 불빛 아래 장렬하게 전사하는
시신을 보는 것처럼
그 불야성 향해 돌진하는 용감무쌍한 친구들이
아, 글쎄 새벽에 무수히 죽어있는 것처럼

빌딩 안 나비

화려한 꿈에 떠받히기 전에는
내 하늘 맑았다
사철나무도 봄이 오면 싹을 내민다
날자,
무거운 업보 벗어놓고

똥꽃

나 슴살 나이로 승격하면
하늘에서 똥이 내려도 향기로우리

푸른 여치랑 팔짱끼고
똥은 내리고, 내리고

우린 똥을 뭉쳐 던지며 뒹굴어도
나 슴살 나이 우아하리

흐벅지게 피어난 똥꽃을 보며
푸른 여치랑 깨금발로 춤추리

오, 내려라 똥
샛노란 우리들의 똥꽃 피는 시대

나 아직 슴살

비애 悲哀

원래 저 놈이 술 마시면
신세 한탄 하는 거 알지만
오늘은 처먹고 바락바락 울면서
자긴 가슴이 작아
파묻혀 울고 싶은데 가슴이 작아,라고
언제는 딱 좋다더니 이 時釀怒未
오늘은
나도 울고 그도 울고
내 가슴도 같이
따라 울었다

중추월가 中秋月歌

호박은 영글어 가는디
보름달은 환장허는디

풍년일사 취하였구랴
참았던 아래춤을 조이며

잡히느니 수숫대 빗자루
퍼질러진 걸레 뿐인디

마렵게 더듬던
미끈헌 단지에 앉어
와장창 오줌을 쏟으매

꾸물텅 꾸물텅
아이고, 머리에다가
쌩머리 딸년의,
내 딸년의 머리에다가

문구멍 각시

문구멍이 뚫리기도 전
팔푼이 각시는 품을 파고들었다

― 우리, 아들 나면 이름 머라고 지까예?
밖에선 느슨한 바람이 불었다

― 참, 가가*이구나
머리칼이 흘러내린 각시가 입이 헤즐레 벌어졌다

― 가가이라꼬예? 그 이름 참 좋네예

밤새 문구멍은 뚫리지 않았고
새벽안개 속에 신랑은 동구 밖을 빠져 나간다

― 가가이 아부지 와 이러능교?
― 가가이 아부지, 가가이 아부지……

_____

*가가 : '가관'의 경상도 방언

27

각시의 흰 꽃이
일생의 문구멍을 뚫는다

오줌꽃

흰 눈이 천지를 뒤덮는 날
치수를 재려고 오줌을 누었다
오줌 눈발이 아슬아슬 바닥에 도착하였다
환갑나이 눈밭에 몽실한 꽃이 피고
꽃대궁이 훤하다
탈탈 털었으면 이파리도 필 것을
추위 땜에 지퍼를 올리다니!
아, 흰 눈이 천지를 뒤덮는 날

삶

여름 낮

들판 위에 벼락친다

짧아라

•

2부

살아있는 것들

아들에게

나는 꽃을 사 오라 돈을 주었지만
너는 우유와 빵을 사 들고 왔다
(꽃을 사 오라 명령한 건 아니다)
나는 안다
현실의 저울이 폭파되기 직전의
밤이라는 것을

노련 老鍊

마장동 언덕 위에
미끄러지는 소 한 마리
바둥바둥
피 흘리는 저 앞발이
끌리며, 끌리며 도살장 올라간다

뾰족한 망치에
고삐 잡혔으니,
양미간 내려치자마자
파르르 떨던 몸이 무너지네

목 밑에서부터 사타구니까지
쫙, 가르는데
내장들이 와르르 쏟아지는데
가죽 벗기고 모가지 탁 치고

칼로 무 자르듯, 애들 그림 그리듯
날 끝에 내장 하나 다치지 않고

각을 뜨는 저 찰나

단추

그때
친구가 그려 준 봉황새 앞에서
결혼사진 찍을 때
나는 와이셔츠 소매깃에
단추를 잠그지 않았다

쿵쿵 두근거리기만 할 뿐
단추는 보이지 않았다

쿵 쿵
떫은 바람이 수십 년을 불어오고
날며 살아야 하는 강심장의 길을
두근대며 기원했어도
어제 또
상사에게 꾸지람을 들었다

난 삶이 어눌할 뿐
발빠른 연습이 되어지질 않는다

단추는 언제 잠길까

소매깃에 바람 불어
봉황새가 뜨지 못하는 아침
아내는 또 단추걱정을 한다

주인공

벤치 아래로 발가락이 잘린
비둘기 한 마리 뒤뚱뒤뚱 걷는다
상처가 가셨지만 붉은 발
잘려서 더 절절한 리얼리즘

플라타너스 이파리로 내미는 노을 저녁
그래, 네가 있어 헐벗고 굶주린 엑스트라
온 밤을 뜬눈으로 지새었나니
먹이를 찾으며
떨어진 나무 잎새를 부리로 쪼으며
천지간에 절실한 생애여

아득한 사람, 아지랑이처럼
내 사랑이여
벤치 아래로 발가락이 동강난 비둘기 한 마리

생선 한 토막

구운 생선 한 토막을 먹다가 생각했다

난 너무 팔팔하여 당신의 상에 오를 수 없었다
숨 죽여진, 소금에 절여진 생선이지 못한 채
꼬리치며 사람을 유혹했고 실제보담 관념을 살았다
사는 게 물이었는지 몰라도
지느러미 활짝 펴고 매롱매롱한 눈망울로
어디 삼킬 금단의 열매는 없나
사이사이 들락이며 굴려온 머리통
나를 열기 위해
배가 고프지 않으시면서 잡수신

여기, 당신의 구운 생선 한 토막

메리 크리스마스

밤새 눈이 덮이고
얼기설기
수숫대 엮은 구유였지
순찰 나온 수위에게 덜미 잡혀
눈 부비며 끌려 나올 때
헝클어진 수염에 찬바람 불고
숨이 코에 붙은 날이었지

벌거벗은 몸 밖에 보여줄 게 없다며
몰아내도 괜찮은 이 세상 왔노라며
집이 홍성인데 차비 좀 달라며

쫓기는 뒤를 따라
버려진 개 한 마리 총총 따라왔지

구유에 지붕 덮은 나무 등껍데기 같은
두 손 포켓에 찌른 채, 터벅터벅
크리스마스날 아침

성 빈센트 병원 언덕이었지

순찰일지

고요한 밤
무심한 밤
면도날로 목 그은 이
목 그은 이 실려 가는 밤
기침소리 허우적일 때
먹머루빛 눈동자
눈동자 중환자실 깊게 따라 오는 밤
헐떡이는 입술이
어리석었다고
잘못했다고
순간의 선택이 저질렀다고
잘린 성대 대신하여
맨 숨으로 내려 쓰는 밤
뜻대로 온 목숨 아닌데
저질렀다고
이 세상 혈혈단신
너무 외로웠다고

개

아득한 복날
죽음을 피해 안산 깊이 숨어 든 개가 있었다
복날을 기다려 개는 산에서 내려오지 않았다
나무하러 간 머슴이
소나무 밑에 바싹 여윈 개를 끌고 내려오자마자
사람들은 홀랑개로 목을 묶고
쇠양간 기둥틀에 매어 단 채
안 죽으려고 안간힘 쓰며 바둥거리는 개를
흠씬 두들겨 잡았다
온 몸에 피멍이 든 개가
혀를 문 채 죽어갔다
그 개, 죽던 날 울음을 터뜨렸다고
나는 비굴한 개가 되었다

된장 바른단 말에 도망가는 개여
죽여버릴거야! 큰 소리 쳐도 꿈쩍 않는 사람이여

오늘, 모란시장 창살에 갇힌 그 개가

여전히 주눅들어 발발 떨고 있는데
골라요 골라, 손바닥 치는 개장사 뒤에 웅크려
날 바라보는 나

개

통한痛恨

가난에 팔려
가짜학생 신분으로
교내식당 밥 얻어먹으며
헐값詩 썼습니다
문학이여

용서해 주십시오

하응백님을 향한 마음

6개월을 두고 산문를 써 보라구요?
시 쓰는 이용사, 머리 깎는 목사, 기도 하는 시인
어느 한쪽도 연금술사는 될 수 없는 절름발이 인생인데!
갑자기 울고 싶어집니다

살아있는 것들

그대를 살아 숨쉰다

비비새 아침부터 노래 부비는 소리
풀잎들 탱탱 물 차 오르는 소리

개울 속의 은어떼 울렁거린다
방울한 명자나무 입술 떨린다

등나무 줄기 손 더 길게 뻗어
하늘을 잡으려고 몸 트는 이 아침에
나는
그대를 살아 숨쉰다

첫눈

사람아
고생했느니
걸어오느라 터진 발등에 경배할 일이다
안티푸라민 발라주며
내릴 일이다
지천으로 핀 송이송이 꽃을 털며
자, 등에 업히렴
내 오늘은 장화를 신고
장터목 국밥집에 희망가를 들으리라
국밥집 낮은 천정 아래,
낮은 곳으로 흐른 마음 위에다
맑은 술 부으리라
그 술잔에 뜨는
환한 빛을 보리라
가파른 길에 고생했느니
어여 부은 발등 쓰다듬어 줄 일이다

3부

실종신고

올빼미

눈이 내린다

지상에 등불은 꺼져가고
깨어 있는 이 없는 밤에
깃털을 타고 오는
미세한 소리 하나

살아남기 위하여 날개를 펴고
아무도 모르게 날아올라
비수처럼 깊이 목을 내린다

둥지문 사이사이 바람이 부는데
알에서 갓 태어난 새끼를 품고

새까만 밤하늘에 눈동자를 박은 채
갈아 온 발톱으로 그대를 지킨다
추워서 따뜻한 삶을 캔다

류시영*

시궁창에서도 새파랗게 솟아 오르는 미나리여
옹이진 세월 끌어안고 피어나는 규화목이여
자기 몸을 자식에게 뜯어 먹히는 푸른 상처의 연어여
오천도의 열을 받고 태어나는 천연산 다이아몬드여
어둠을 박살내고 떠 오르는 달이여
앞니 빠졌으나 맑디 밝은 달빛이여

---

* 청송교도소에서만 살아오다 출소하여 달라진 사람

장미도둑

오늘 밤
장미꽃 피는 아파트 숲을 걷다가
어머님이 생각 나
공원 철망 사이로 솟아오른
두어 송이 꽃을 꺾어 버렸지요
폐암으로 투병 중인 어머니
고향마당 장미가 그리워서
밤마다 쭉정이 가슴에 물을 대는 어머니
경비원의 눈을 피해 가시에 물린 나는
돈으로 폐암이 든 이 시대의 맥을 뚫고
빨갛게 뚝뚝 돋아나네요
아, 어린 날 장독간 뒤
생인손 낫게 해달라고 숨죽이던 별 속으로
어설프게 흔들리며 걸어가네요
덮어둔 가슴속에 푸른 가시 빼어 물고
어둠을 천둥치는

실종신고

명동 출입구, 목탁소리
곁에는 관자놀이 펄럭이는 전도자
사람들 귀 먹는다

설핏 발을 멈춘 관음증 환자가 있어

돌이 불성 만들어지기를
쇠가 소리 깨우기를
화음을 바랬으나

스님의 절제도
전도자의 인내도
타 오르는 걸 끌 수 없다

안수 당하는 스님의 눈에 불이 피더니
아이고……

아수라장의 전도현장 위

염불소리는 멱살 쥔 손에 단추로 떨어지고
낙타가 단추구멍을 통과할 수 없는
참담한 하루였지

궁중 해물탕

저 창가에 걸려 있네
울긋불긋 궁중 해물탕

궁중 밖에서 떠돌던 나그네가
그 네온 속을 걸어가네

탁자 위엔 보안일지
그 위로 잠자던 먼지들 따라 일어서고
그는 창을 열어 터질 듯한 궁중 해물탕
아득한 퇴적층에서 긁어낸
추억의 파편들이 어깨 위에 비듬 지네

아무리 보아도 비틀거리는 세상
궁중을 찾지 못하여
나는 아가리 속을 헤엄치네
지느러미 없는 고기로 누워
부글부글 바깥 초소에서 끓고 있는
가엾은 궁중해물탕

빨간날 여자

축축한 밀대 위로 파리 한 마리 날아 온
그 이발소 들어서면 에프킬라 뿌리고
난장을 떠는
그 여자, 오늘도 토요일 오후였네
그 남자 파리채 사다주고
흘러간 남인수 노래 틀면

그 여자, 답게가 아니라고 베토벤으로 바꿔버리는
왠지 삐그덕거리는 그 이발소
양은냄비도 필요하고 양귀비 염색약도 필요하건만
답게 살지 못하여 쎄븐에이트여야만 하고
화장품은 꽃을 든 남자가 꼭 필요하다는
담배연기는 안돼, 문 열어놓고
대형트럭이 더 소란한, 아니 대형트럭같은
한 손님 면도하고 픽 주저앉는

여자, 무서운
아담이 아니라 하와가 먼저 있었던

안에선 조용해도 밖에선 팔뚝 걷어부치는
교통사고에 절룩이며 버티어 온

검은 날은 남자에게 맡기고 빨간 날만 찾아오는
아니, 내키면 이렇게 토요일 오후도 찾아주는
날마다 흐르는 피 닦아내는
여자, 태초에 빨간 그 여자가
시커먼 그 이발소에 서 있었네

물봉선

남한산성 계곡에도 물봉선이 피었다
눈밑에 검은 점처럼, 슬픈 꽃

의료보험 카드도 없이 살다가
애미의 젖꼭지를 문 채 죽은 아이가
화장터를 향할 때
궂은비는 내리고
산 사람도 남한산성 계곡도 치적치적 젖던 그 날
죽은 아이는 풀풀 재가 되고
산 사람은 살아야 한다며

평범한 논리가 평범치 않게 통할 때
가냘픈 몸이라 얕보지 말라면서
설악산 깊은 곳에라야만 피는 걸 제기하던

오늘도
가냘프나 진홍색 펄펄 뛰는
나를 건드리지 마세요!

돼지껍질에 대한 명상

군대 제대하고
신길동 산비탈을 오르내리며
새 길 추적하느라
시장바닥에 앉아 씹던 돼지껍질
삼양라면 박스에 허기져
돼지껍질을 찾아가곤 했지
순대 먹을 돈 떨어지고
돼지껍질로 몸이 시리던
신길동 겨울밤은 왜 그리 길었는지

오늘, 신길동엔 돼지털 숭숭 솟아나고
비계처럼 살찌는 아파트 곳 곳 들어서는데
쫀득이며 씹어 삼키던
그 돼지껍질은 어디로 갔나
여기, 푸른 쑥갓 상춧잎 옛날을 부르는데
뱃속에 기름 끼어 돼지껍질은 도망가고
나는 추억을 꿈꾸네
그날을 가고 있네

엑스트라의 추억

다 지웠다

1930년대를 걸어 올라
이별 슬픈 노래 울려퍼지는
우미관 골목

007가방 들고 연애를 했고
하오리 입고 넘어져
괜시리 아팠어라
아까징끼, 아까징끼
찾는 내 신음 너머로
스탠바이 하낫 둘 셋 큐!

거리엔 수심 찬 소년들 앉아 있고
추억은 아팠어라
지워야지 지워야지
낙인이나 문신같은 화장

다 이루었다
다 지웠다

처지

모란 장날이었습니다
강아지 몇 마리를 팔러 갔습니다
북새통 골목을 비집고 찾아 온 아이가 있었습니다

아이는 이 강아지가 얼마냐고 묻더니
곰곰이 생각하다가 이리저리 만져보기도 하다가
한참을 기웃거리다 심사숙고 결정한 듯
한 마리를 보듬었습니다

의아해서, 그 강아지는 절름발이인데
다른 강아지를 가져가라고 골라 주었습니다
아이는 단단한 입술로 이 절름발이를 꼭 사겠다고 했습니다
不具의 강아지를 건네 주었습니다

번쩍이는 만물상 속에 강아지를 안고 걸어가는
아이의 뒷모습을 설핏 바라보다
갑자기 내 안에 천둥소리가 들려왔습니다
그 아이도 절뚝이는 장애우였습니다

품에 안긴 강아지가 까끌한 아이의 손등을 핥으며
아이의 눈을 가만히 올려다 보고 있었습니다

탯줄을 추억하다

밖에는 온종일 빨래가 펄럭이고
가끔은 닭들이 홰치는 소리
모로 돌아누우시며 어머니
날 만지셨네
골목길 감꽃처럼 방글방글 피어나던
그 마당 가득한 발자국들 어디 가셨나

존재의 출발점에서
어머니, 젖꼭지 아프게 물어
이젠 볼기짝 때리시네

나 처음으로 돌아갈 수 없네
텃밭에 메뚜기떼 날아들고
지천으로 성년의 힘 배설하면
어머니

나는 어디쯤인가

벤자민 이파리 하나
떨어져 내리네

다시 날 부르시는
어머니

구자길

함박눈이 퍼 붓는다
눈밭 위에 길 낸 이가 있어 따라간다
어둔 세상 하얗게 덮어버린
사람, 남루한 삶의 언덕에 군밤 굽는 할머니도
그 길 휘적휘적 올라가는 백발의 도인도
눈밭에선 모두가 하나로 만나지는
다 이루었다 다 덮었다
눈이 퍼 붓는 구자길 속으로 걸어간다
지체여! 노래를 불러라
수치와 부끄러움을 폭로한 사람 안에서
잘난 이 못난 이 없이
아이고, 마냥 좋아라
외양간에서 갓 뛰어나온 송아지처럼
순하디 순한 송아지의 눈동자에 비친 눈밭처럼
자길이를 노래한다
자길이를 춤춘다

그 사람

내가 밤 새워 일하는 사이
어둔 길 비추는 가로등 같이
순찰 돌 때
옥상 난간머리 모퉁이에
춤추는 시누대 물결같이
개구장이 자태로
까르르 까르르 터지는 벗꽃같이
생수컵 한 잔에 뜬 초승달 미소같이
나랑 밤 새워
불꽃같은 눈으로
날 지키시는

소아마비 민자

소나무는 민자 같아
남한산성 물 뜨러 갔다오다
돌틈을 비집고 선 소아마비 민자를 보았어

초등학교 2학년 때였던가
버들피리 불며 집으로 내려오는 언덕길에서
웬 문둥이 하나 보따릴 매고 저만치 보였지
문둥이는 아이들의 간을 빼 먹는다는 속설에 묻혀
오도가도 못한 채 무작정 찔레꽃 가시에 뒤채이며
찔리며 깊숙히 들어 간 그 오솔길에는
멀대처럼 쑥쑥 솟아오르는 소나무들로 꽉 차 있었어
숲을 흔드는 바람 속으로 문둥이는 가고
그 문둥이 삶처럼 소나무들 굳세게 자라고 있었지
민자의 간도 나의 간도 펄떡펄떡 가라앉아
이만큼 세월 흘렀을 적에

저 돌틈을 비집고 선 소아마비 민자를 보면
맨몸으로 이 세상 밀고

아롱아롱 추억 속의 민자 ―

마산에서 미용실 사장 되어 홀로 섰다는

영우에게*

대나무잎 와삭이며 바람이 간다
삼십대 겨울을 품고
끊으려 기도했지만
목숨의 이슬 끝에 떨려오는,
눈 딱 감고 잊어버리자고
폭풍우 치는 이문동
골목길마다 삼킨 이별과
인박힌 정 놓지 못해
취객의 눈물로 세상 통과한
독한 슬픔, 썩지 않는 슬픔
다시 학교 교정에 복사꽃 흐벅지고
봄냄새 절이는 세월 온다 하여도
한쪽 날개 잃은 생기 어디에서 찾아
무슨 낯 들고 집 찾아 들란 말이냐
오광목 찢어가며 춤추는 무당으로
하얗게 살풀이하며 너를 지운다

———————

* 신춘문예 등단 후 사라진 어느 持病시인

이제 그만 집으로 가자
고향땅 향해 신발 돌려놓으마

4부

빈집

봄

뿌리들 물 길어 올린다
남한산성 계곡 웅성거리고
뒷발가재들 앞발로 물질한다
오리나무 가지에도 뾰족한 순이
찬바람 뚫고 피어난다
네 마음자리 바람 지날 때
세월이 깊어 세월이 깊어
꽃 진 자리에 다시 꽃이 피고
설사 잘 못 딛어도
그대 안에 뿌리들 힘차게 노래한다
돎무렵 일어서는 초롱초롱한 아이처럼
어여쁜 그대 일어나라
산 높아도 나무들 제자리서 평등해라
사람을 낳는 일 흙이 될 때이려니
높이 뜬 초저녁별 한 송이
그대를 지키기 위해 날마다 깨어 있다
핀다, 꽃
남한산성 계곡이 웅성이는 것은

뒷발가재들 앞발로 배웅하는 것은
오랜 날 잠자고 있었던 그대 일으키기 위해
그대 꽃 피우기 위해
땅껍데기 뚫고
그래, 살아있는 것은 모두가
몸 틀며 일어나고 있다

뜨거운 숲

올 여름은 날마다 깊은 숲을
혼자 뒤척이었다
매미채를 쥐고 놀던 아이들 다 집으로 돌아가고
빈 하늘에 먼저 뜬 별이 가슴에 앉을 때
힘내려 무엇이라도 뚫어야 한다
어둠 속에서 길 잃기 전에
쏙독새 울어 제치면 날 선 침묵 위로
밤길 걸어야 한다
나무들 흔드는 바람 속으로
나 바라보면
이 땅에 머슴 살면서 여자를 몰랐던 계절
올 여름은 날마다 뜨거운 숲을
혼자 가지치고 있었다

내장산에서

비 개인 길을 달려왔습니다
생내장 불을 질러
화닥화닥 서래봉 바위까지
벼랑 아스라이 이끼꽃 몸살나게
산국 감국 물결치는 능선으로, 능선으로
시월의 끝자락이 휘날리는데
정상, 클라이막스 아득히
나무들 두손 들어 축배하는데
그대의 업보 모두
붉은 피 쏟아 덮어주는데

빈집

쑥대숲 여치 우는 마당 위에
집 한 채가 버려져 있다
기와가 삭은 골에 물이 새도록

광에는 거미줄 사이로 풀이 죽은 사과박스
울콩이 몇 알 담긴 됫병 하나
정적을 깨고

암소는 방울소리만 무심히 울리고 간다
어느 날인가 살이 무너져 내리면
한 집안의 역사도 파묻혀 갈지 모른다

팽개쳐진 마루를 손으로 훔칠 때
마루가 옛날을 더듬었다
한자리 못하고 살아와 팽개쳐진 몸이
초라하여
마루기둥이 나를 안고 웃었다

슬픈 장닭

장닭은 모두 꼬끼오로 울었는데
그때, 그 장닭은 어찌살꼬로 울었다

가슴에 대못자국 벌겋던 울어머니
장닭과 같이 따라 우셨다
어찌살꼬,
어찌살꼬,

그 물빛 유년의 슬픈 마음
아득해라

뜸부기

뜸, 뜸 뜸 들이어
이 땅에 곡식을 여물게 했던 뜸부기
한때
벙어리 냉가슴 된 논바닥을
밭고랑 깜부기가
안 됐다는듯 바라보는가 했더니
그랬구나
캄캄한 밤 논빼미는
어디론가 다 팔려가고
이젠 어디에
한목숨 파묻을까
뜸 죽여 생각해 봐도
저 논두렁마다 흔들리는 얼굴
자운영, 칼퀴나물, 개느삼, 강아지풀……
이름만 불러도 서러운 조선의 풀꽃들아

너 몸살나게 풀리지 않는 그리움,
나의 뜸부기야

개비름다지

아들 딸 먼저 다 보내고
초등학교 선생 하는 막내손주 집에 얹혀 산다
화닥화닥 시월이 오면
다 버리고 떠난 고향 생각에
무학산 언덕 개천가를 맴돈다
여기도 개천가에 한숨 쉬며 뻗어가는
개비름다지 있구나
몽고간장 굴뚝에서 치솟는 검은 연기와
석전동 방직공장에서 쏟아지는 폐수로
아니, 바다도 산천도 오염되어 가는
이곳에서
검푸른 함양산천 밭을 꾸는 개비름다지야
콩밭 매던 지난날을 더듬으며
말없이 너를 한 줌 뽑아 든다
실타래처럼 엉킨
털면 하얗게 풀어지는,
여기도 달개비 바랭이풀 많지만
잡으면 푸른 물로 대답하는 개비름다지

십년 전에 막내 손주가 사다 준
그 첫 봉급으로 해 입은 속치마처럼
여지껏 날 지켜주는 네가 있구나

나다

대 숲에 비 그치고
새떼들의 아우성
도랑 속에 나를 훔치는 송사리 몇 마리
비에 씻긴 애기똥풀들 앞으로 나란히
샛노랗게 자지러지며
쏟아지는 웃음소리
나, 살아있네
비 개인 하늘은 이유가 없어
바라만 보아도 오금이 저리는데
물소리 하얗게 춤추는데
어디선가 장끼 한 마리 드높이 날아오르네
장끼의 날개 끝에 부서지는 여름은
생명의 양식이 되어
새 빛이 되어
생이여, 푸른 시작이여
비 그친 대숲에 오면
속사람의 마음자리
기 찬 장관이여

꿈틀거림의 마디는 끝없이 뻗어가네
첫 자리 잃고 살았던 인식이여
부모 가슴에 담긴 긍휼이여

시인도 사랑을 한다

산이 탄다
너 불 꺼지면 으스스한 몸살에
계절은 얼음 삭이는데
나 불 끌 수 없이 생식은 뻗어가고
타오르는 산 깊이 가야 할 길이 멀어,
로빈새 푸드득이며 날아 오르는 것은
쌓인 열덩이를 배설하기 위하여
화닥이는 게 어찌 저 새 뿐일까
억새풀도 헤아려보면 저 홀로일 뿐
배출구가 없으니
머리로 게워 올린다

숲 속에 와서야
홀로 서는 법을 배우다

시인도 사랑을 한다 · 2

너를 떠나 바람 부는 계절
비탈마다 자작나무 낙엽이 진다
집집마다 저녁 짓는 냄새 피어오르는
추위에 떨고 섰는 송전탑 사이
까치 한 마리 길이 바쁘다
등성이를 틀며 퇴근하는 연인들
나도 비운 채 합방을 꿈꾸지만
너를 떠나 칼바람을 걷는 계절
비탈마다 자작나무 바람소리

아내의 몸시

개미 한 마리 죽이지 못 하던 사람이
살다보니 별 일 다 보겠네
저녁에 놓아 둔 끈끈이에 늘어붙어
눈이 매롱매롱한 시궁쥐를
자다 일어나 비닐봉지로 폭 싸더니
망치로 쿵쿵 찧는 아내
눈탱이가 터져버린 시궁쥐는
뿌역뿌역 생피 내뱉으며 죽어갔다
밤마다 뽀시락거리던 쥐를 잡고
이제는 한 숨 붙여 두 다리 뻗을 수 있어도
언제부터 저렇게 되었을까
모세처럼 기운을 발하는 기적의 아내
반짝이는 것만 빛이 아니었음을,
겨운 삶 눈보라 속에서도
꼿꼿이 일어서는 고향의 보리싹들이
내 머릿속엔 막 돋아나고 있었다

금혼식을 향한 노래

능소화는 백일홍 고목을 감고 피어 오르고
호박넝쿨은 개똥무덤을 덮고 뻗어가네
다르다고 다투던 세월이여
모천을 찾아가는 연어와 같이
험한 세월 통과하여
백발이 성성한 오늘에야
지팡이에 몸을 의지한 채
그대를 축복하네
나를 건축하네
능소화는 백일홍 고목을 감고 피어 오르고
호박넝쿨은 개똥무덤을 감싸고 타 오르네

징
— 아내에게

당신, 다 윘습니다
몸 가시 품고 달래며
꽃나이 저물도록
민머리* 당신

빵모자 하나로
죽음의 풀무불 통과하여
날마다 살아나사
춤에 허기진 사람
일으켜 세웠습니다

달귀지고 달귀졌던
쇳덩어리시여
낮게
깊게
부드럽게

어둠을 파쇄하여
산천초목이 출렁이는
우주가 합창하는
소리 하나를
일깨우신.

---

*교통사고 후유증으로 머리술이 없음

꽃, 상처의 새살 같은, 시

오인태 시인·문학평론가

1.

그는 목사다. 이발사다. 시인이다. 이것은 순전히 그의 시를 통해 알게 된 사실이다. 시집 해설을 부탁받고도 부러 그의 이력, 약력조차 요구하지 않았던 건 시인을 안다는 것이 '시를 오로지 시로 읽는 일'에 방해가 될 수 있어서였다.

그에게서 원고를 처음 건네받은 것은 지난 1월 서울 광화문에서 열었던 내 첫 산문집 『시가 있는 밥상』의 〈책나눔〉 행사장에서였다. 이후 이 일로 서울, 창원, 부산, 대구, 청주 등, 전국을 도느라 꺼내보지도 못한 채 서너 달을 보내다 문득 생각난 듯 원고봉투를 열었을 때의 낭패감이라니.

용지도 다르고, 서체도 다르고, 글씨의 크기도 다르고, 무엇보다 이게 한 시인이 쓴 시인가 싶은 각양각색의 시가 족히 백 편은 돼보였다. 시를 쓴 이래 한 번도 시집을 내지 않은 건지, 아니면 시집을 내고서도 한참 시간이 지난 건지, 언뜻 보아도

80~90년대 리얼리즘 경향의 시에서부터 다분히 미래파의 분위기를 풍기는 시까지. 무엇보다 극도의 관념성을 드러내는 시에서는 그간 시인이 마주했을 고난에 찬 삶의 속살이 엿보여 짠하기도 했다.

이 시편들 가운데 가리고 추리고 더러는 새로 더해서 최종 원고가 묶어지기까지 또 한 달여 시간이 지나갔다. 부탁받은 해설만 쓰면 될 일을 시를 고르고 묶는 일까지 거들고 나선 것은 모든 시편을 관통하는 그 무엇, 즉 시의 열쇳말을 도무지 찾을 수 없어서였다. 사실은 탐색의 시간을 더 가져보자는 속셈이었는데, 결국 '상처'와 '꽃', 이 두 낱말을 열쇠 삼아 그의 시를 다시 찬찬히 읽었다.

2.

도종환 시인이 "흔들리지 않고 피는 꽃은 없다"고 노래했듯이 상처 없이 피는 꽃이 있을 것인가. 생살이 터지는 상처 말이다. 흔들린다는 것은 짧든 길든 그 순간 평정을 잃는다는 의미다. 만물이 제 자리에 있는 상태를 안정이라고 본다면 모든 위태와 불안은 안정이 흔들리는 데서 온다고 볼 수 있다. 그렇게 위태하고 불안하게 흔들리면서 내상과 외상을 입기 마련인데, 대저 시인이란 자아는 물론 세계의 모든 상처까지 껴안는 존재이니, 어찌 늘 아프지 아니하고 슬프지 아니하랴.

> 장닭은 모두 꼬끼오로 울었는데
> 그때, 그 장닭은 어찌살꼬로 울었다

가슴에 대못자국 벌겋던 울어머니

장닭과 같이 따라 우셨다

어찌살꼬,

어찌살꼬,

그 물빛 유년의 슬픈 마음

아득해라

- 「슬픈 장닭」 전문

시인의 슬픔과 아픔은 이처럼 대개 아득한 기억 속에 내재
한다. 지금 이 순간의 아픔과 슬픔은 시가 되기 어렵기 때문이
다. 시가 아무리 자아와 세계가 만나는, 즉 물아일체의 상태에
서 탄생하는 것일지라도 슬픔과 아픔이 사무친 그 순간엔 시
가 끼어들 여지가 없는 법이다. '아' 와 '물' , 즉 자아와 세계의
심리적 거리가 어느 정도 확보되었을 때 감정이 언어의 옷을
입을 수 있다는 얘기다. 감정이 언어로 형상화될 때 비로소 시
가 되는 것이니, 감정이 채 다스리려지지 않은 상태에서 빚어
진 시는 자아가 두드러지기 마련이고, 묘사보다 시의 화자의
직접진술이 성하기 십상이다. 시인의 시에서 산견되는 직접진
술은 그의 시가 그때그때의 감정에 충실한 상태에서 기록된
것이 아닌가, 하는 추측을 갖게 한다. 이런 시들은 대부분 가려
내긴 했지만, 넘치지 않게 효과적으로 부려 쓴 진술은 시의 서
정성을 높이기도 하는 것이니 무조건 배척할 일은 아니다. 다

만 애이불비哀而不悲의 정도는 지켜야 시의 품격을 유지할 수 있을 터.

3.

유마거사는 병문안을 온 문수보살에게 "중생이 아프면 보살도 아프다"며 "중생들의 아픔이 남아있는 한 제 아픔도 남아 있을 것"이라고 했다. 이것이 바로 유마의 '불이법문'이다. 중생과 보살이 다르지 않음, 곧 한 몸이라는 뜻이다. 나는 유마의 이 불이법문에 빗대 "시인은 보살과 같은 존재"라고 말하곤 하는데, 시인의 실체를 이보다 더 간명하게 설명한 '시인론'을 일찍이 읽지 못했다. 그렇다. 시인은 천성적으로 세계의 문제를 자신의 문제로 받아들여 공감하는, 아니 공명하는 존재다. '시인은 타고 난다'는 말은 그래서 나온 것이리라.

모란 장날이었습니다
강아지 몇 마리를 팔러 갔습니다
북새통 골목을 비집고 찾아 온 아이가 있었습니다
아이는 이 강아지가 얼마냐고 묻더니
곰곰이 생각하다가 이리저리 만져 보기도 하다가
한참을 기웃거리다 심사숙고 결정한 듯
한 마리를 보듬었습니다

의아해서, 그 강아지는 절름발이인데
다른 강아지를 가져가라고 골라 주었습니다

아이는 단단한 입술로 이 절름발이를 꼭 사겠다고 했습니
다
불구의 강아지를 건네주었습니다

번쩍이는 만물상 속에 강아지를 안고 걸어가는
아이의 뒷모습을 설핏 바라보다
갑자기 내 안에 천둥소리가 들려왔습니다
그 아이도 절뚝이는 장애우였습니다

품에 안긴 강아지가 까끌한 아이의 손등을 핥으며
아이의 눈을 가만히 올려다보고 있었습니다
                                   -「처지」전문

　　모란장날에 하필 몇 마리 강아지 중에서 절름발이 강아지를
산 아이, 용케 그것을 눈치 챈 시의 화자 둘 다 보살이요, 시인
이다. 이처럼 시는 본질적으로 동일성을 지향하는 장르다. 서
정성이란 바로 시적 자아와 세계의 동일화를 추구하는 시정신
의 핵심인 바, 제대로 된 시인이라면 본능적으로 세계와 합일
을 꾀하는 자아를 가질 수밖에 없다. 시는 본질적으로 모두가
서정시이기 때문이다. 시의 대상, 즉 세계를 향한 이동녘 시인
의 시선 또한 사뭇 부드럽고 따뜻하다. 시인의 더없이 자애로
운 시선은 대상에 대한 연민과 사랑의 표징이다.

　　함박눈이 퍼 붓는다

눈밭 위에 길 낸 이가 있어 따라간다

어둔 세상 하얗게 덮어버린

사람, 남루한 삶의 언덕에 군밤 굽는 할머니도

그 길 휘적휘적 올라가는 백발의 도인도

눈밭에선 모두가 하나로 만나지는

다 이루었다 다 덮었다

눈이 퍼 붓는 구자길 속으로 걸어간다

지체여! 노래를 불러라

수치와 부끄러움을 폭로한 사람 안에서

잘난 이 못난 이 없이

아이고, 마냥 좋아라

외양간에서 갓 뛰어나온 송아지처럼

순하디 순한 송아지의 눈동자에 비친 눈밭처럼

자길이를 노래한다

자길이를 춤춘다

- 「구자길」 전문

시인이 세계에 대한 연민과 사랑으로 충만한 존재라 할지라도 그 연민과 사랑의 대상은 제각기 다를 수밖에 없다. 심지어 자아를 타자화해서 시의 대상으로 삼는 일도 흔하다. 이동녘 시인의 시가 대견해 보이는 이유는 시적 대상이 대개 여리고, 낮고, 작은 존재라는 데 있다. 그의 시의 대상들은 현실세계에서 보면 사회적 약자에 해당하는 이들이다. 시인은 이런 소외된 대상들을 특별히 주목하며 자신의 품안에 보듬어 다독인

다.

추측컨대 '구자길'도 아마 지체장애를 앓는 어린애이든지, 어른이든지 사람의 실명이지 싶은데 구체적 지명인 '구자길'과 중의적으로 쓰이면서 이를테면 '대동평등세상 실현'이라는 꽤 묵직한 메시지를 담아내고 있다. 눈 쌓인 구자길에서는 '잘난 이'든 '못난 이'든 '마냥 좋아'서 '노래'하고 '춤추는' '순하디 순한' 존재가 되고 있지 않은가 말이다.

4.

이동녘의 시가 자신의 상처든지 타자의 상처든지 단순히 상처를 드러내는 데 머물러 있다면, 그의 시를 읽는 일은 참으로 고통스럽고 불편한, 고역이 될 것이다. 그러나 그의 시는 상처가 아문 자리에 돋아난 새살 같아서 자못 대견스럽다. 지체에서도, 전과에서도, 소외에서도, 차별에서도, 똥에서도, 오줌에서도 심지어 죽음에서도 그의 시는 꽃처럼 피어난다. 이 시인의, 시의 생명력은 바로 여기에 있다.

> 시궁창에서도 새파랗게 솟아오르는 미나리여
> 옹이진 세월 끌어안고 피어나는 규화목이여
> 자기 몸을 자식에게 뜯어 먹히는 푸른 상처의 연어여
> 오천도의 열을 받고 태어나는 천연산 다이아몬드여
> 어둠을 박살내고 떠오르는 달이여
> 앞니 빠졌으나 맑디 밝은 달빛이여
>
> —「류시영」전문

‘류시영’은 이 시의 주석이 밝히고 있듯이 "청송교도소에서만 살아오다 출소하여 달라진 사람"이다. 그리하여 "옹이진 세월 끌어안고 피어나는 규화목" 같은 사람이다. "오천도의 열을 받고 태어나는 천연산 다이아몬드" 같은 사람이다. "앞니 빠졌으나 맑디 밝은 달빛" 같은 사람이다. 류시영이 비록 "청송교도소에서만 살아" 왔을 정도로 험악한 죄를 짓고 복역 중에서거나 출소 이후에 개과천선한 사람이라 할지라도 시인이 이렇듯 그를 범상한 사람 이상으로 칭송하는 이유가 무엇일까. 읽다시피 이 시는 개과와 천선의 구체적 내용은 없고 오로지 메타포만 있다. 시에서의 메타포는 대개 이미지로 표현되는데 ‘류시영’은 모든 시행이 서로 대칭적인 이미지, 예컨대 ‘시궁창-미나리’‘옹이진 세월-규화목’‘푸른 상처-연어’‘오천도의 열-다이야몬드’‘어둠-달’‘빠진 앞니-맑디 밝은 달빛’과 같이 ‘상처-꽃’의 이미지를 극명하게 대비시키고 있다. 시인은 이처럼 세상의 모든 꽃을 상처의 결과로 본다. 꽃에 대한 극단적 예찬은 그래서 나온 것이리라.

　　마장동 언덕 위에

　　미끄러지는 소 한 마리

　　바둥바둥

　　피 흘리는 저 앞발이

　　끌리며, 끌리며 도살장 올라간다

뾰족한 망치에
고삐 잡혔으니,
양미간 내려치자마자
파르르 떨던 몸이 무너지네

목 밑에서부터 사타구니까지
쫙, 가르는데
내장들이 와르르 쏟아지는데
가죽 벗기고 모가지 탁 치고
칼로 무 자르듯, 애들 그림 그리듯
날 끝에 내장하나 다치지 않고
각을 뜨는 저 찰나

- 「노련」 전문

　　상처를 잘 다루면 치료가 되지만, 잘못 다루면 덧내어 오히려 치명상이 되기도 한다. 의학적인 외상과 내상도 그렇지만 시에서 상처를 다루는 언어적 기술도 마찬가지다. 시적 자아의 것이든 시적 대상의 것이든 상처를 어설프게 건드렸다간 치유는커녕 험하고 불결한 치부만 드러내어 시를 읽는 독자를 불편하고 고통스럽게 하기 십상이다. 상처를 다루려면 적어도 "칼로 무 자르듯", "애들 그림 그리듯" "날 끝에 내장 하나 다치지 않고 각을" 뜰 수 있는 정도의 '노련' 함이 있어야 하지 않겠는가.

5.

시인의 유년의 기억, 그 시공에 존재하는 "가슴에 대못자국 벌겋던 울어머니" "소아마비 민자" "밭고랑 깜부기" "울콩이 몇 알 담긴 됫병 하나" 따위는 기실 내 기억 속에도 존재할 수 있는 것들이다. 이쯤에서 고백컨대 그는 내 고향 아랫담 마을에 살던, 나보다 예닐곱 살 많은 동향 선배이니 말이다.

6개월을 두고 산문을 써보라구요?/시 쓰는 이용사, 머리 깎는 목사, 기도하는 시인/어느 한쪽도 연금술사는 될 수 없는 절름발이 인생인데/갑자기 울고 싶어집니다
— 「하응백님을 향한 마음」 전문

어쨌든 '시 쓰는 이용사'이기도 한, '머리 깎는 목사'이기도 한, '기도하는 시인'이기도 한 그가 『장미도둑』이라는 제목으로 시집을 낸다(해설을 다 써놓고 물어보니 이 시집이 다섯 번째 시집이 되는 거란다). 한 골짜기에서 나고 자랐지만 각기 50년, 또는 그보다 많은 세월 끝에 어쩌다 이렇게 만나서 시집에 해설까지 쓰게 되다니, 이승에서 만날 인연은 어떻게든 만나게 되나보다.

"장미꽃 피는 아파트 숲을 걷다가" "밤마다 쭉정이 가슴에 물을 대는" 어머니 생각에 "공원 철망사이로 솟아오른" 장미 두어 송이를 도둑질한 시인은, 유죄인가 무죄인가. 일독 후에 판단하시라.